Vente du MERCREDI 13 FÉVRIER 1889

Hotel DROUOT, Salle N° 4

ESTAMPES

VIGNETTES ROMANTIQUES

Collection de M. M*** de Marseille

1889

Me Maurice DELESTRE	M. P. ROBLIN
COMMISSAIRE-PRISEUR	MARCHAND D'ESTAMPES
rue Drouot, n° 27	rue Saint-Lazare n° 65

Imp. PAIRAULT et Cie, 3, Passage Nollet, Paris.

CATALOGUE
D'ESTAMPES

ET DE

VIGNETTES ROMANTIQUES

PORTRAITS. — CARICATURES. — DESSINS

provenant

DE M. M*** AMATEUR DE MARSEILLE

dont la vente aux enchères publiques aura lieu

HOTEL DROUOT, Salle N° 4

Le MERCREDI 13 FÉVRIER 1889

Par le ministère de **Me Maurice DELESTRE,** Commissaire-Priseur
27, rue Drouot.
Assisté de **M. P. ROBLIN,** marchand d'Estampes
Successeur de E. Jacquinot, Peintre-Expert
65, rue Saint-Lazare.

PARIS — 1889

CONDITIONS DE LA VENTE

La vente se fera au comptant

Les acquéreurs payeront cinq pour cent en sus des enchères applicables aux frais.

M. P. ROBLIN se réserve la faculté de réunir ou de diviser les lots, et remplira en outre les commissions de MM. les amateurs qui ne pourraient assister à la vente.

ESTAMPES

ADRESSES

1 — Ex libris. Carte de menus. Billets d'invitation. L'Apologie des femmes, etc. Quatorze pièces anciennes et modernes.

2 — Bonaparte, premier consul de la République. — Directoire exécutif. Hommage au grand juge. Institut national. Dix-neuf pièces en tête d'après Prudhon et autres. Plusieurs sont sur peau de vélin.

ALIX

3 — *D'Alembert*. — *Buffon*. — Deux portraits d'après Garneray. Belles épreuves en couleur, marges.

4 — *Bailly*, maire de Paris. — *Helvetius* — *Lycurgues*, trois portraits en couleur d'après Garneray, belles épreuves, toute marge.

5 — *Pierre Corneille*. Belle épreuve en couleur, grandes marges.

6 — *Fénélon*. — *Linné*. Deux portraits d'après Roslin et Vivien ; belles épreuves en couleur, grandes marges.

7 — *Lavoisier* (Antoine-Laurent), d'après Garneray. Belle épreuve en couleur, grandes marges.

8 — *Lepelletier de Saint-Fargeau*. — Honoré-Gabriel *Mirabeau*, deux portraits en couleur d'après Garneray. Belles épreuves.

9 — *Mably*.— *Jean-Jacques Rousseau*, d'après Garneray, deux portraits en couleur. Belles épreuves.

10 — *Molière*, d'après Mignard. Belle épreuve en couleur, toute marge.

11 — *Montaigne*. — *Montesquieu*. Deux portraits d'après Dumoustier et Garneray, belles épreuves en couleur, grandes marges.

12 — *Jean-Jacques Rousseau*.— *Voltaire*. Deux portraits en couleur, d'après Garneray, très belles épreuves en feuilles.

13 — *Voltaire.* — *Michu.* — *Dubus-Préville.* — *Raynal.* Quatre portraits en couleur.

ALIX et CONTARDI

14 — *Pie VII.* Trois portraits en couleur, belles épreuves.

AMÉRIQUE (Pièces sur l')

15 — Orage causé par l'impôt sur le thé en Amérique. 1776, très belle épreuve, grande marge.

16 — Indépendance des États-Unis, pièce en rond avec les portraits de Louis XVI, Franklin et Washington, gravés en couleur par Roger, d'après Duplessis-Bertaux, belle épreuve.

17 — Des tyrans, voilà le crime! pièce en rond, dessinée et gravée par Degouge : Franklin, Voltaire et J.-J. Rousseau. Epreuve en couleur, deux pièces, belles épreuves.

18 — Recueil d'Estampes représentant les différents évènements de la guerre qui a procuré l'indépendance aux États-Unis de l'Amérique. Douze pièces de Marillier, gravées par Ponce, belles épreuves, une est double.

19 — Prise de l'île de la Grenade. — Prise de la Dominique. — Journée de Lexington. Trois pièces d'après Marillier, belles épreuves à l'eau-forte pure, marges.

20 — *Benjamin Franklin*, d'après Carmontelle, belle épreuve, marges.

21 — *Nataniel Greene*, in-4 orné, par Chevillet, d'après Peale, très belle épreuve, en feuille.

22 — *Benjamin Franklin*, in-4 Chevillet, belle épreuve avant la lettre, petites marges.

23 — *Washington*, in-folio par Laugier, d'après Coignet, superbe épreuve sur Chine, portant le n° 147, encadré.

24 — Le major *Robert Roger.* — *Charles Lee.* — *Franklin.* — *Washington.* — *H. Gates.* Sept portraits anciens, belles épreuves.

25 — Trente-cinq portraits de personnages célèbres des États-Unis. Gravures et lithographies, belles épreuves.

AMEUBLEMENT

26 — Meubles et voitures. — Meubles et objets de goût. Bijoux, draperies, etc. Dix-neuf pièces en couleur, en feuilles.

27 — Meubles et objets de goût, 94 pl. noires et coloriées.

BANCE (chez)

28 — Couronnement de *Buonaparte*, petite pièce en rond, gravée en couleur, belle épreuve, grandes marges.

BARTOLOZZI

29 — L'étude du Dessin. Recueil de 20 pièces gravées à la manière noire, belles épreuves en feuilles.

30 — Design. — The Birth of Shakespeare, modèles de dessin. — The Jugement of Paris. Onze pièces en noir et à la sanguine, belles épreuves.

BARTOLOZZI et HARDY

31 — *Joseph Haydn*, musicien, deux portraits en bistre, belles épreuves.

BASSET (chez)

32 — *Agricola Viala*, agé de 11 ans, martyr de la liberté, ovale in-4, très belle épreuve, en feuille.

BAUDOUIN (d'après)

33 — L'épouse indiscrète par N. de Launay, très belle épreuve petites marges.

BERGHEM (d'après)

34 — Animaux, trois pièces avant la lettre, toutes marges.

BERNARD

35 — M. *Jumel* l'aîné. — M. *Saintomer* l'aîné. — Tête de femme. Trois pièces calligraphiques, dont un dessin.

BOILLY (d'après L.)

36 — L'Amant musicien. — L'Amant poète. Deux pièces gravées en couleur par Levilly, belles épreuves à toute marge.

BONNET

37 — La gaîté de Silène. — Pastorales. — Etudes d'animaux. Six pièces en couleur, belles épreuves.

38 — Le Déjeuner, belle épreuve en couleur, grandes marges.

39 — Simon à sa fenêtre et Jeannot jetant des pierres. — Ragot lui jette son paquet par la fenêtre. Deux sujets gravés en couleur pour une pièce de théâtre, belles épreuves.

BOSIO (d'après)

40 — Le marchand de plaisir. — Le Volant. Deux pièces en couleur, belles épreuves, petites marges.

BOUCHER (d'après)

41 — Le Mariage de Psyché et l'Amour, par Beauvarlet. Superbe épreuve avant la lettre, petites marges.

42. — L'Ecole des maris. — L'Amour médecin. — Le Malade imaginaire. — Le Cocu imaginaire. — Quatre pièces in-folio gravées à la manière noire, par Haïd. Superbes épreuves, petites marges, très rare.

43 — Le Billet doux. — Le Goûter de l'automne. — Pensent-ils au raisin. — Vues. Cinq pièces, belles épreuves.

44 — Elle mord à la grappe. — La Jeune oiselière. — L'Ecole de l'amitié. — Le Triomphe de Vénus. Dix pièces dont plusieurs avant la lettre, belles épreuves.

45 — Télémaque dans l'île de Calypso. — Vertume et Pomone. Le Mariage de l'Amour et Psyché. — Vulcain présentant à Vénus des armes pour Énée. Cinq pièces, belles épreuves.

BOUCHER et **GERMAIN** (d'après)

46 — Le Livre des Arts. Trente-trois pièces d'ornement gravées par Hertel. Belles épreuves, grandes marges.

BRÉA

47 — *Mirabeau.* Buste fort comme nature. Belle épreuve, en feuille.

CALAMATTA

48 — *Molé,* d'après Ingres. Très belle épreuve avant la lettre sur chine, en feuille.

CARICATURES

49 — Le Bon genre. Huit pièces à toute marge. Nos 92, 104, 106, 107, 108, 109, 110, 113.

50 — Un Magasin de bonbons au Palais-Royal, sous le Directoire. Galeries du Palais-Royal. — Les Russes en bonne fortune. Quatre pièces coloriées. Belles épreuves.

51 — La Valse. — Avis aux Anglais. — L'Esprit de parti. — Le Conservateur des ruines. — La Bonne année. — Café de la mitraille. Sept pièces noires et coloriées.

52 — Les Journaux. — La Liberté de la presse. Deux pièces d'après Desrais et autre. Epreuves coloriées.

53 — Par ici. — Cavalcade à Longchamps. — La Toilette. — Le Débiteur à la mode. — Antichambre d'un médecin. — Modes et Nouveautés. — Les Bossus mélomanes. Sept pièces coloriées. Belles épreuves.

54 — Le Désagrément des piétons dans Paris. — Février. — Les Invisibles en tête à tête. — L'Embarras des queues. — L'égoïsme personifiés. — Les Petits bourgeois en partie de campagne. Six pièces coloriées.

55 — Remouleur moderne. — Caricatures parisiennes. — Le Désagrément d'aller à cheval. — Le Perruquier fatigué. — Les Moines de Ménilmontant. — La Rage de la mode. Six pièces coloriées.

CATHELIN

56 — Le Comte et la Comtesse de *Provence,* d'après Drouais. Superbes épreuves avant toute lettre, grandes marges.

57 — *Marie-Adélaïde-Clotilde-Xavier de France*, d'après Ducreux. Belle épreuve en feuille.

58 — *Marie-Joséphine-Louise de Savoie, comtesse de Provence*, d'après Drouais. Deux épreuves en états différents, en feuilles.

59 — *Marie-Thérèse, princesse de Savoie, comtesse d'Artois* d'après Drouais. Belle épreuve à toute marge.

CHARLET

60 — Courage, Résignation. — Papa dada. — Piété. — Le Soleil luit pour tout le monde. — N'abandonnez pas cette pauvre veuve. — J'attends de l'activité, etc. Quinze pièces. Belles épreuves.

CLÉMENS (L.-F.)

61 — Bataillon d. 2 April 1801, paa Kiobenhauns Red, in-folio d'après Lorentzers. Belle épreuve avec la lettre grise, en feuille.

COCHIN (C.-N.) (d'après)

62 — Marina et autres femmes données à Cortez, gravé par C. Baquoy. Trois épreuves dont une à l'eau forte et deux avant la lettre, marges.

COQUERET

63 — Vue de l'intérieur du chantier de la ville d'Anvers. — Vue de la tête de Flandre, prise du côté de la ville d'Anvers. Deux pièces d'après Fleury, en feuilles.

COSTUMES

64 — Modes et coiffures, publiées par Heideloff, 1800. Costumes parisiens, coiffures. 44 p. coloriées, très belles épreuves.

COSTUMES MILITAIRES

65 — Par Eugène Lamy, Charlet, Gerasch, 12 p. coloriées. Belles épreuves.

COUCHÉ

66 — Le couronnement de Voltaire au Théâtre-Français. — La Translation des cendres de Voltaire au Panthéon. Épreuves à l'eau-forte pure et avant la lettre, quatre pièces toute marge.

DEBUCOURT

67 — La Main-Chaude — Le Colin-Maillard. Deux pièces. Superbes épreuves, grandes marges.

DEBUCOURT (d'après)

68 — La Femme y voit trop. — Le Mari n'y voit pas assez. Deux pièces en couleur, sans marges.

DELACROIX

69 — *Faust.* Suite de 1 portrait et 16 lithographies originales. Belles épreuves du premier tirage avec l'adresse de Motte et Vayron, en feuilles.

70 — *Faust.* Suite de 1 portrait, 1 frontispice et 17 lithographies originales. Epreuves du deuxième tirage avec l'adresse de Villain, en album.

71 — *Hamlet.* Acte V, sc. Ire. Très belle épreuve sur Chine, grandes marges.

DE LAUNAY (R.)

72 — L'Impératrice Joséphine, in-8, en grand costume de cour. Très belle épreuve avant la lettre, coloriée, marges.

73 — Les Regrets mérités. — Le Mariage rompu. — L'Acte d'humanité. — La Gaité de Silène. Quatre pièces d'après Aubry, de Fraine et Mlle Gérard. Belles épreuves.

DE MACHY

74 — Apprenez mon fils combien cette victoire m'est chère et douloureuse. — Le Président Molé. Deux pièces en couleur. d'après D··· et Vivié. Belles épreuves en feuilles.

DENNEL

75 — Frontispice allégorique pour une thèse, d'après Quillau. Epreuve avec la place du portrait en blanc.

DENY

76 — Le Fossé du scrupule. — Le Danger des bosquets. — La Fille qui se défend mal. Quatre pièces d'après Desrais. Belles épreuves.

DESMAISONS

77 — Hommes d'Etats anglais. 12 portraits in-folio, lithographiés, en feuilles.

DESNOYERS (Aug.)

78 — Bélisaire. — Homère, d'après Gérard. Deux pièces. Belles épreuves, grandes marges.

DESSINS

79 — Seize dessins anciens et modernes, par Ciceri, Pontarno, Huet et autres.

DEVERIA (Achille)

80 — Son portrait. — *Carnevale*. Deux p. sur chine. Très belles épreuves.

81 — Costumes d'actrices. — Costumes de divers pays. Douze pièces noires et coloriées, belles épreuves.

DÉVÉRIA (Eugène)

82 — *Son portrait*, in-8, très belle épreuve sur chine, en feuille.

DIVERS

83 — *Victoire Salmon. — de Loménie de Brienne. — François II*. Quatre portraits en couleur, belles épreuves, grandes marges.

84 — *J.-J. Rousseau.* — *Voltaire.* — *David d'Angers.* — *Comte de Nieuwerkerke.* — *Denon.* — *Henri IV.* — *Mélingue*, etc. Dix-neuf portraits in-4 et in-folio, belles épreuves.

85 — Portraits anciens et modernes, épreuves avant la lettre et non terminées. Seize pièces.

86 — Le Soldat laboureur. — L'Odalisque. — La Mandoline. — Napoléon. Seize pièces, gravures et lithographies, belles épreuves.

87 — La Cascade dans le jardin de M. le baron de Braun. — L'Hôpital sur le Grimsel. — L'Amitié. — Les Cartes. — La Réussite. Huit pièces en couleur par Simon, Benoît, Janinet, belles épreuves.

88 — *Paul Petrowitz.* — *Kutusoff.* — *Boileau.* — *Richelieu.* — *Debucourt* et autres, 25 portraits, belles épreuves.

89 — Lithographies et estampes par et d'après Prud'hon, Géricault, Rembrandt, etc., 105 pièces.

DUFLOS

90 — La fenêtre dangereuse, d'après Hallé, belle épreuve à l'eau-forte pure, marges.

DUPIN

91 — *Marie-Thérèse, princesse de Savoie, comtesse d'Artois*, très belle épreuve, en feuille.

ÉCOLE ANCIENNE

92 — L'Adoration des Mages. — Alphée et Aréthuse. — L'attelage du Laboureur. — Vues, etc., d'après Albert Durer, Guardi, Teniers, Berghem, etc., 24 pièces.

ÉCOLE ANGLAISE

93 — *Louisa*, gravé en couleur par Bartolozzi, d'après Ward, belle épreuve en couleur, grandes marges.

94 — *Henry Pelham, duc of Newcastle*, in-folio, à la manière noire, par Turner, d'après Lawrence, belle épreuve, en feuille.

95 — Spring. — Friensskip. — Lady Fenoulhet. — A midnight modern conversation. 8 pièces d'après Hogarth, Alken, Rembrandt et autres.

96 — Jeune mère et son enfant. — La marquise de Boufflers. — La mère intéressante. 3 pièces en couleur d'après Carême, Cosway, petites marges.

97 — Portraits de femmes et de personnages célèbres, gravés à la manière noire par S.-W. Reynolds, belles épreuves à toute marge. 18 pièces.

98 — Apollo and the nine Muses par Boydell, 1784, belle épreuve imprimée en bistre, petites marges.

99 — Stirling Castle. — Miscellaneous British Scenery. 2 pièces en couleur d'après Walmesby, belles épreuves en feuilles.

100 — Un jeune matelot racontant son naufrage à la porte d'une chaumière. — Le retour du pêcheur. — Le départ du pêcheur. 3 pièces en couleur, d'après Weatly et Bigg.

101 — Le Même jeune homme rendu à la vie, gravé par Pollard, d'après Robert Smirk, belle épreuve.

102 — Portraits de personnages célèbres. Croquis, la plupart par Reynolds, 104 p., belles épreuves.

ÉCOLE FRANÇAISE du XVIIIe siècle

103 — Têtes d'expression, ornements d'après Watteau, Fragonard, etc., treize pièces, belles épreuves.

104 — La Noce et la Foire du village. — La Bonne mère. — Vénus couchée. — Le Charlatan français. — Le Réveil de Vénus. — Le Port. — Le Vieillard, etc. 18 pièces en couleur, d'après Taunay, Ostade, Lawrence, etc.

105 — La Petite laitière. — Zéphire et Flore. — Le Café, etc. 11 pièces en couleur, d'après Marin, Baudouin et autres.

106 — La Jeune dévideuse. — Les Prémices de l'amour-propre. — Bethzabée au bain. — Honneurs rendus au connetable Duguesclin. — La Sortie du bain. — L'oracle des amants, etc. 12 pièces d'après Moreau, Touzé, Brenet, Gonzalès et autres.

107 — Le Billet. — Les Bulles de savon. — La Belle rêveuse.— Jodelet. — Gandolin. — Etablissement des Français à la Cayenne, etc. 34 pièces, belles épreuves.

108 — L'Amour rit des pleurs qu'il fait verser. — Les Trois Grâces. — Les Saisons.—Orion à la poursuite d'une nymphe de Diane. — La Fête de Saint-Nicolas. — Bataille de Sédiman. — Jusque dans la moindre chose.—La Petite fermière. 28 pièces, plusieurs sont avant la lettre.

109 — Vénus, Amours, Etudes, Académies. 21 pièces à la sanguine, d'après Boucher, Demarteau et autres.

110 — Monstre amphibie vivant, trouvé au royaume de Santa-Fé. — Les Victimes de l'Amour. — L'Observateur distrait —Canadiens au tombeau de leur enfant. — Le maréchal-des-logis, etc. 12 pièces, belles épreuves.

111 — La Bénédiction du grand papa. —Le Verrou. — Les Appas multipliés. — Le Contrat. — La Comparaison. —La Sultane, etc. 27 pièces, Belles épreuves.

FLEURS

112 — V[e] cahier de fleurs, dessinées d'après nature et gravées par Roubillac, XIVe cahier dessiné par Carle et gravés par L. Duruisseau. 17 pièces à toute marge dont 10 coloriées.

113 — par Redouté, Jung, Prévost le jeune. 26 pièces en couleur, belles épreuves.

FRAGONARD (d'après)

114 —La Chemise enlevée, gravée par Guersant, superbe épreuve, petites marges.

115 — Le Songe d'amour. — La Fontaine d'Amour, 2 pièces, par Régnault, superbes épreuves en feuilles.

116 — La Bonne mère. — Le Serment d'amour. 2 pièces par N. Delaunay et Mathieu, très belles épreuves, grandes marges.

117 — Pélerinage à Saint-Nicolas, par Delaunay, superbe épreuve avec la lettre grise et avant le nom des artistes, en feuille.

GATINE

118 — Costume de la haute et moyenne classe, n°s 1 à 5. Cinq pièces en couleur à toute marge.

119 — Costumes parisiens. 38 pièces coloriées d'après Lanté, à toute marge.

120 — Costumes de Normandie. — Titre des travestissements. — Costumes normands. — Costumes suisses. 20 pieces noires et coloriées. Plusieurs sont avant la lettre.

GAUCHER

121 — Madame la comtesse Du Barry, ovale orné de roses, d'après Drouais. belle épreuve en feuille.

GAUTIER DAGOTY

122 — La Baigneuse. — David et Bethzabée. 2 pièces, superbes épreuves en couleur, sans marges, rare.

123 — Apollon, Vénus couchée. 3 pièces gravées en couleur, très belles épreuves, sans marges.

GAVARNI

124 — Œuvres choisies contenant 520 dessins avec leurs légendes. Paris, Hetzel et Blanchard, 1857, in-folio broché.

GÉRARD (d'après Mlle)

125 — Le Present, par Vidal, très belle épreuve, grandes marges.

126 — Dors mon enfant. — Le Bouquet inattendu. — L'Espoir du retour. 3 pièces par H. Gérard, très belles épreuves, grandes marges.

GERMAIN

127 — Composition in-4°, travers, contenant environ 80 têtes d'expression, dessinées et gravées à l'eau-forte. Neuilly, 1770, superbe épreuve tiré en bistre. petite marge, rare.

GODEFROY (A.)

128 — Esquisse représentant la réunion des souverains accompagnants Sa Majesté l'empereur et roi au bal donné par la ville de Paris, le 4 décembre 1809, belle épreuve.

GODEFROY (John)

129 — *Arthur O'Connor*, général de division, d'après Gérard, deux épreuves dont une avant toute lettre, en feuilles.

GRANVILLE

130 — Grande croisade contre la liberté. — De la pensée immuable à travers les populations. 6 grandes pièces coloriées.

131. — Les métamorphoses du jour. 24 pièces coloriées, plusieurs sont à toute marge.

GREUZE (d'après)

132 — Le paralytique servi par ses enfants, par J.-J. Flipart, très belle épreuve, grandes marges.

GUINET (d'après)

133 — Histoire de Paul et Virginie. 4 sujets gravés par Petit, épreuves avant la lettre, plus 1 pièce en couleur par Legrand. Ensemble 5 pièces.

GUYOT (d'après)

134 — Vue prise à Bougival. Jolie pièce en couleur.

135 — Vue du port de Londres. — Vue du port de Richemont. — Ruines romaines, etc., d'après Alkens, Perney et autres. 17 pièces en couleur, belles épreuves

HUBERT

136 — Honny soit qui mal y pense. Belle épreuve.

HUET (Paul)

137 — Intérieurs de forêts. 6 pièces, belles épreuves sur papier de Chine.

HUET (d'après)

138 — L'Amant pressant, par A. Legrand, épreuve en couleur à toute marge.

JANINET

139 — Égalité.— Liberté. 2 pièces d'après Moitte, belles épreuves.

140 — Portraits d'acteurs et d'actrices. — Costumes de théâtre. 33 pièces des annales et costumes, épreuves en bistre et en couleur.

JAZET

141 — Le Soldat laboureur. — Rebecca à la fontaine. — Judith et Holopherne. 3 pièces dont 2 en couleur.

JEUX (Pièces sur les)

142 — Le jeu des fortifications, inventé et dessiné par Gilles de la Boissière, belle épreuve.

143 — Nouveau Jeu historique et chronologique de la Monarchie française, publié chez Basset, belle épreuve, toute marge.

144 — Nouveau Jeu de l'Hymen, publié chez Crépy, épreuve coloriée, rare.

145 — Jeu du cheval Pégase, dédié aux favoris d'Apollon. — Jeu de l'Amour et de l'Hyménée. 2 pièces, dont une coloriée.

146 — Jeu instructif d'Histoire naturelle des animaux. — Jeu royal de la vie de Henri IV. — Jeu instructif des merveilles de la nature et de l'art. — Jeu familier de la civilité. 4 pièces publiées chez Basset, belles épreuves.

147 — Le Jeu de la Chouette. — Règle du Jeu des Juifs. — Ombres chinoises. 8 pièces. — 2 · 50

JULIEN

148 — L'Amour en réquisition, gravé en couleur, toute marge.

LAGRENÉE (d'après)

149 — Education de l'Amour, par J. Bouillard. 3 épreuves en différents états, très belles épreuves, toute marge. — 11 —

LEBARBIER (d'après)

150 — La mort du général Marceau à Altenkirchen en 1796, par Ingouf, belle épreuve avec marges. — 3 —

LE BEAU

151 — *Madame la comtesse du Barry*, d'après Marilly, épreuve à toute marge.

152 — *Étienne de Montgolfier*. — *Joseph de Montgolfier*. 2 portraits, belles épreuves en feuilles. — 5 · 50

LEVACHEZ

153 — *Louis XVIII*. In-folio, d'après Robert Lefèvre, superbe épreuve en couleur, grandes marges. — 6 · 50

LITHOGRAPHIES

154 — Les Contretemps. — Chevaux. — Scènes diverses, par Géricault, Raffet et autres. 20 pièces. — 12 —

MACRET

155 — Couronnement de Lafontaine par Ésope aux Champs-Élysées. — Arrivée de J.-J. Rousseau aux Champs-Élysées. 2 pièces d'après Moreau et Lebarbier, belles épreuves. — 6 —

3

MARCHAND

156 — Les Approches de la Guinguette. — Les Amusements espagnols. 2 pièces, belles épreuves, grandes marges.

MARIAGE

157 — Enlèvement de Calliope, d'après Carly, épreuve en couleur, marges.

MARTINET

158 — Le Joueur de flute. — Le Joueur de harpe. 2 pièces ovales peintes en miniature, très belles épreuves, grandes marges.

MERCIER (d'après P.)

159 — Les Saisons. 4 pièces gravées à la manière noire, belles épreuves.

MOITTE (d'après)

160 — Thésée racontant ses aventures au fleuve Achiloüs. — Cérès demandant à Jupiter la permission de chercher sa fille Proserpine. 2 bas-reliefs, par Ridé et Perdriau, belles épreuves.

MONSALDY

161 — *Madame Dugazon*, d'après Isabey, très belle épreuve en couleur, toute marge.

162 — *Edward Jenner*. Très belle épreuve, toute marge.

MOREAU LE JEUNE

163 — David et Bethzabée, d'après Rembrand. — Le pouvoir de l'Amour, d'après Deshayes. Deux pièces dont une avant la lettre, belles épreuves.

MOREAU LE JEUNE (d'après)

164 — *Guillotin (J.-J.)*, in-8, par Prévost, superbe épreuve en feuille.

MORGHEN (Raphaël)

165 — *François de Moncade*, d'après Van-Dyck, superbe épreuve grande marge.

MORRET (J.)

166 — La culbute imprévue, d'après Carême, belle épreuve en couleur, en feuille.

NOEL (lithographie de Léon)

167 — *Le duc de Fitz James. — Le baron de Rotschild.* Deux portraits en pied, belles épreuves avant la lettre sur Chine, en feuilles.

ORNEMENT

168 — Diverses pièces d'arquebuserie, par Delacollombe et Guérard. Seize pièces dont trois titres, belles épreuves, quelques raccommodages.

169 — Vingt-quatre pièces diverses, d'après Fragonard, Watteau, Huquier, Clerget, etc., belles épreuves.

170 — Collection de vases ornés de fleurs, par Joh. Christoph. Schmidhammer. Cinq pièces, belles épreuves.

171 — Grilles. — Modèles de serrureries, gravés par Choffard Nipote et autres, 33 pièces.

172 — L'art d'embellir les jardins. Réunion de 50 estampes et dessins anciens, belles épreuves.

OUDRY (d'après)

173 — Le Roman comique de Scarron. Neuf pièces, belles épreuves.

PARIS (pièces sur)

174 — Nouveau plan routier de la ville et des faubourgs de Paris en 1780, épreuve collée sur toile pliée.

175 — Six vues de Paris en médaillons sur la même feuille, belle épreuve.

PILLEMENT (d'après)

176 — Les amusemements du printemps. — Les agréments de l'été. — Les douceurs de l'automne. — Les plaisirs de l'hiver. Quatre pièces par Canot, Mason et Woollett, belles épreuves.

PRUDHON (d'après)

177 — La loi. — L'égalité. Deux pièces gravées par Copia, superbes épreuves, grandes marges.

178 — *Le Roi de Rome*, par Roger. Deux épreuves, dont une avant la lettre sur Chine, grandes marges.

RAFFET

179 — La Revue nocturne, très belle épreuve sur papier de Chine avec marge.

RAOUX (d'après)

180 — L'enfance. — La jeunesse. — L'âge viril. — La vieillesse. Quatre pièces gravées par Z. Moyreau, belles épreuves.

RÉVOLUTION (pièces sur la)

181 — Collection de 12 estampes grotesques avec légendes en italien, belles épreuves imprimées à la sanguine, grandes marges.

182 — Eh donc Cocco. — Le sans tort. — Aristocrate croyant à la révolution. Trois pièces en rond, épreuves en bistre et coloriées.

183 — Le ministre Linotte. — La Bizarrerie. — La bascule patriotique. — La Balance de Thémis. — Le Perruquier patriotique. Cinq pièces en bistre, belles épreuves à toute marge.

84 — La graine de niais ou les ruses de Finus-Bougrus. — La fin malheureuse d'un avare, aux approches de la mort. — Le financier Collin-Maillard, ou le casse-cou public. — La contre-Révolution. Quatre pièces en noir et coloriées.

ROCHEBRUNE (O de)

185 — Château de Pouzanges. — Vue de Fontenay. — Abbaye de de la Grainetière. — Anciens remparts de Fontenay. — Forêt de Vouvent. Six pièces, très belles épreuves.

RUSSES (Portraits)

186 — *Alexandre Ier*, par Bourgeois de la Richardière, d'après Desnoyers, deux épreuves, dont une avant la lettre.

187 — *Paul Petrowitz*, grand duc de Russie, par Pasch, d'après Voille, très belle épreuve à toute marge.

188 — *Paul Petrowitz*, trois pièces, par Pasch, Corbule et Bonneville, belles épreuves à toute marge.

189 — *Pierre le Grand*. Ovale dans un frontispice, gravée par Née, d'après Lebarbier, très belle épreuve avant la lettre, grandes marges.

190 — *Rostopschin*, gouverneur de Moscou. — *Alexandre Ier*. Quatre pièces, par Reinhold, Buguet, Ruotte et Tardieu, belles épreuves.

191 — *Maréchal Kutusoff*. — *Jomini*. — *Alexis-Grégoire Orloff*. *Mathieu Platoff*. — *Baron Tschernischeff*. — *Count Wittgenstein*. — Sept pièces, belles épreuves.

192 — Princes et princesses russes, gravés par Mécou, dix-neuf pièces, dont plusieurs sont avant la lettre.

193 — Personnages divers. — Généraux, etc. 24 pièces, belles épreuves.

SAINT-AUBIN (Aug.)

194 — Au moins soyez discret. — Comptez sur mes serments. Deux pièces, belles épreuves sans marges.

195 — *Le Kain*. In-folio, d'après Le Noir superbe épreuve avant la lettre, grandes marges.

SCHENKER

196 — *Le général Moreau* à cheval, d'après Carles Vernet épreuve avant la lettre en bistre, grandes marges.

SPORT

197 — Brevet d'escrime, de canne, trois pièces, dont deux en couleur.

198 — La chasse au cerf, n° 1, par Levachez, d'après Carle Vernet, belle épreuve en couleur, grandes marges.

199 — Shooting. — Hunting. — Coursing. Dix pièces à la manière noire, par Himely, belles épreuves à toute marge.

200 — Courses et combat de taureaux. Gravures et lithographies, neuf pièces, belles épreuves.

201 — Chasse à l'hippopotame. — Chasse au lion. Trois pièces, d'après Rubens, belles épreuves en feuilles.

202 — Bois Roussel. — Le Mandarin. — Vermout. — Mazeppa. Quatre lithographies coloriées, d'après Pichat.

203 — Chevaux de courses, chasses. Onze pièces lithographies noires et coloriées.

THÉATRE

204 — *Mme Albert. — Ellevïou. — Vestris, — Saint-Phal. — Lays. — Laruette*, etc. Dix pièces en couleur, belles épreuves.

TROOST (d'après)

205 — Sganarelle, ou le cocu imaginaire. — Le Sicilien. — L'amour médecin. — L'École des maris. — Tartuffe. — Le Malade imaginaire. Collection complète de six pièces in-folio, très belles épreuves en feuilles.

VANDRAMINI

206 — *Louis XVII.* — *Le Petit tambour*, deux pendants. Belles épreuves avant la lettre, en feuilles.

VANLOO (d'après Carle)

207 — Bacha faisant peintre sa maîtresse. — Le concert du grand Sultan. Deux pièces, par Littret et Lépicié, belles épreuves avec marges.

VETTER (d'après Hég.)

208 — Molière chez le Barbier de Pézenas y trouvant sa pièce du Bourgeois gentilhomme, par Em. Pichard, belle épreuve avant la lettre sur chine, signée par l'artiste, toute marge.

VOITURES

209 — Onze pièces, d'après Kolle et autres, belles épreuves.

VIGNETTES ROMANTIQUES

210 — **Allier** (Achille). Frontispice pour un album romantique. Gravure à l'eau-forte d'après Bourbon, 1837, très belle épreuve à toute marge.

211 — **Anicet Bourgeois.** *La Nonne sanglante*, drame en 5 actes. Frontispice gravé à l'eau-forte, très belle épreuve.

212 — **Arlincourt** (Vte d'). *Les Ecorcheurs.* Deux vignettes gravées par Leloir et Thompson, belles épreuves à toute marge.

213 — **Balzac** (Honoré de). *La Peau de chagrin.* — *Pauline et Fœdora.* Deux portraits de femme gravés par Madame Fournier, d'après Marckl et Janet Lange, belles épreuves avant la lettre, sur papier de Chine.

214 — *La peau de chagrin*, lithographie de Gavarni. — *Contes philosophiques.* — *Nouveaux contes philosophiques.* — *La peau de chagrin*, 4 figures de Johannot, épreuves sur Chine volant, ensemble cinq pièces.

215 — **Beauvoir** (Roger de). *L'écolier de Cluny.* Deux vignettes de Johannot, gravées par Porret, dont une sur Chine. Deux lithographies de Eugène Deveria, publiées dans l'*Artiste*, ensemble 4 pièces.

216 — **Berthoud** (Henri). Son portrait, lithographie de Benjamin. *Le cheveu du Diable.* Deux vignettes de Johannot, épreuves sur Chine, ensemble trois pièces, belles épreuves.

217 — **Borel** (Petrus). *Champavert.* Frontispice gravé sur bois par Godard, d'après Gigoux, pour l'édition de Renduel, 1833. Autre pièce à l'eau-forte par Garnier, pour l'édition de Pincebourde. Deux pièces, belles épreuves.

218 — *Jérôme Chassebœuf.* Deux lithographies d'Eugène Deveria, plus une épreuve avant toute lettre sur Chine. — Portrait de *Daniel de Foé*, gr. sur papier de Chine, ensemble quatre pièces.

219 — **Caliban et les Etoiles**, par deux ermites de Ménilmontant rentrés dans le monde. Deux frontispices dessinés et gravés à l'eau-forte, par Alfred Albert, pour l'édition de J. Denain, 1833, belles épreuves sur papier de Chine.

220 — **Contes bruns**. *L'œil sans paupières.* — *Une conversation entre onze heures et minuit.* — *Une bonne fortune*, — *Les trois heures.* — *Le mari des deux cousines* Sept lithographies publiées dans l'*Artiste*, belles épreuves.

221 — **Debureau**. *Histoire du théâtre a 4 sous*, portrait, frontispice et deux vignettes. — *Le repas de Pierrot*, dans le Bœuf enragé, lithographie de Bouquet. Portrait gravé par Geoffroy et autre lithographie par Bouquet, en tout sept pièces.

222 — DESSINS. *Doré* [(*G.*) Sancho ramenant Don Quichotte blessé par les moulins à vent, à la sepia, très beau.

223 — — *Granville*. Scène de carnaval. Dessin à la plume, a été gravé.

224 — — *Johannot* (Tony). La partie d'échec du diable, pour les chroniques et traditions surnaturelles de la Flandre, par Berthoud, à la plume, très beau.

225 — — *Henry Monnier*. Un bourgeois, dessin à la plume et à l'aquarelle, signé, encadré.

226 — — *Henry Monnier*. Le peintre jeune acteur. Dessin à la mine de plomb, signé 1839, encadré.

227 — — *Traviès*. Un écrivain romantique, composition à la plume.

228 — **Drouineau** (Ch.). *Résignée*. Deux vignettes de Johannot, gravées par Porret et Cherrier. *Le manuscrit vert*, deux vignettes de Johannot, gravées par Porret. Quatre pièces sur Chine volant à toute marge.

229 — **Dumas** (Alexandre). *Quinze jours au Sinaï*. Le rocher de Moïse, vignette gravée sur bois, par Dauzats, belle épreuve.

230 — **Gauthier** (Théophile. *La comédie de la mort*, vignette de Louis Boulanger, gravée sur bois, par Lacoste jeune. Edition Desessart, 1838, belle épreuve sur Chine volant.

231 — —*Fortunio*, frontispice pour l'édition de Delloye, 2 épreuves. — *Tra-los-montès*, frontispice, lithographie de Villain. — Por-

traits gravés à l'eau-forte par Th. Gautier, pour *Fortunio, Les Jeunes France* et *Mlle de Maupin*. Ensemble 8 pièces, belles épreuves.

232 — **Gavarni.** *Son portrait.* — *Henri Berthoud.* Deux lithographies, plus un dessin de Goupil. 3 pièces.

233 — **Gigoux** (Jean). *La tour de Montlhéry*, par Viennet. — *Calomnie*, par Hyp. Bonnelier, 2 épreuves dont une avant la lettre, sur chine volant. — *Caractères et portraits de femmes.* — *La danse des Ballets*, vignette par Lacoste. — Chapelle : *Musique des rois de France*. Ensemble, 6 pièces, belles épreuves.

234 — **Hoffmann.** *Son portrait* gravé par Péléc, d'après Henriquel Dupont, très belle épreuve avant la lettre, sur chine, toute marge.

235 — — *Contes fantastiques.* — *Le pot d'or.* — *Le chat muré.* 3 pièces sur bois.

236 — **Hugo** (Victor). *Son portrait*, in-8, lithographie de V. Ratier. 2 épreuves, dont une avant la lettre, rare.

237 — —*Notre-Dame de Paris.*—*Le dernier Jour d'un Condamné.* — *Bug-Jargal.* — *Portrait de Victor Hugo.* 4 pièces gravées à l'eau-forte par Célestin Nanteuil et publiées par Eugène Renduel, superbes épreuves en feuilles, très rare.

238 — —*Notre-Dame de Paris.* Suite complète de un fleuron et quatre vignettes de Tony Johannot, gravés sur bois par Porret, pour l'édition Gosselin, 1831, belles épreuves en tirage à part sur chine, très rare, on y a joint le fleuron de la couverture. Ensemble 6 pièces.

239. — —*Le Roi s'amuse.* Vignette frontispice de Johannot, publiée par Eugène Renduel, 1832. très belle épreuve sur chine.

240 — — *La Esméralda.* Décor du 1er acte. Gravé à l'eau-forte par Celestin Nanteuil. Superbe épreuve à toute marge.

241 — — *Marie d'Angleterre.* Frontispice dessiné et gravé par Célestin Nanteuil, 1833, 2 épreuves.

242 — — *Angelo.* Portrait de madame Dorval dans la rôle Catarina Bragadini. Très belle épreuve sur papier de Chine.

243 — — *Lucrèce Borgia.* Vignette frontispice dessinée et gravée par Célestin Nanteuil, pour l'édition de Renduel, 1833, belle épreuve sur chine.

244 — — *Notre-Dame de Paris* : Au meurtre! au meurtre! criait la malheureuse bohémienne. — Sire, vous êtes un auguste monarque. — Je te dis qu'il est mort. 3 lithographies de Johannot et Boecœur, publiées dans l'Artiste, treize épreuves.

245 — — *Notre-Dame de Paris.* Vignette sur bois de Johannot gravée par Porret, — Habitation de Victor Hugo, lithographie de Regnier. — *Angelo.* Lithographie de Delannois, 2 épreuves. — *Les Feuilles d'Automne,* figure sur bois de Johannot, édition Renduel, 1832. — *Les Odes,* figures de Devéria, édition originale. — *Claire de lune.* — *La chute des Feuilles.* — *Chansonnier du Gastronome,* etc. Ensemble 18 pièces.

246 — — Portrait de Mme Victor Hugo, eau-forte par Célestin Nanteuil. — Le général Louis Hugo. — Le général Léopold Hugo. — Portraits d'acteurs et d'actrices. 14 pièces, plusieurs sont sur chine.

247 — Janin (Jules). *L'Ane mort et la Femme guillotinée.* — *La Confession.* 6 pièces sur papier de Chine, très belles épreuves, dont 4 avant la lettre.

248 — Johannot (Alfred et Tony). Leurs portraits par F. de Fradel, Gigoux, Pauquet, L. Noël, et autres, 6 pièces sur papier de Chine, belles épreuves.

249 — **Johannot** (Tony). *Un bal à l'Arsenal.* Jolie composition dessinée et gravée à l'eau-forte par Tony Johannot, très belle epreuve avant la lettre, sur chine, en feuille.

250 — — *Le Vendeen*, par A. E. D. S.— *Vertu et tempérament.*— *Les Intimes*, par Michel Raymond. — 6 pièces gravées sur bois par Andrew, belles épreuves.

251 — —*Un bal à l'Opéra.*—*Ali le Renard* ou la conquête d'Alger. — *Valentine.* — *Les Saints-Simoniens.* 5 pièces gravées sur bois par Porret, belles épreuves sur chine volant.

252 — — *Le lit de Camp.*—*Le Mutilé*, par Saintine 2 états — *L'Écolier d'Auberon* ou l'Oratoire de Bon-Secours, etc. Sept pièces gravées sur bois par Thompson, plusieurs sont sur chine.

253 — — En-tête du *Charivari.* — *Le Barbier de Louis XI*, par Cordelier Delanoue. — *Jean-Louis.* — *La vieille Fronde*, par Henri Martin. 4 pièces gravées par Cherrier, plus une lithographie de Delannois pour la *Vieille Fronde.* En tout 5 pièces.

254 — — *Portraits et Paysages*, par Ph. Chasles.— *Le duc d'Enghien*, par Ed. d'Anglemont. — *Histoire de la vie et des ouvrages de Chateaubriant.*—*Revue des Deux-Mondes*, 2 sujets — *Paul Briolat*, par Merville. — *Louisa* ou les Douleurs d'une Fille de joie, par l'abbé Tiberge. 8 pièces gravées par Porret, la plupart sur chine.

255 — — 44 Vignettes gravées sur bois et à l'eau forte pour illustrations, belles épreuves.

256 — — 80 Vignettes et fleurons pour illustrations, belles épreuves.

257 — — 57 Vignettes sur acier pour Ch. Nodier, Cooper, Walter-Scott, Lamartine, etc., belles épreuves avant la lettre ou à l'eau-forte pure.

258 — **Karr** (Alphonse). Portraits par et d'après Célestin Nanteuil, Alophe et Bertall. 4 pièces, belles épreuves.

259 — — *Sous les Tilleuls.* Vignette à l'eau-forte, sur chine, avant la lettre. — Id., par Tony Johannot. 2 épreuves, dont une avant la lettre. — Id., 2 gravures sur bois, par Porret, épreuves sur chine. — *Une heure trop tard*, épreuve sur chine, ensemble 6 pièces, très belles épreuves.

260 — **Lacroix** (Paul). Bibliophile Jacob. *Contes à ses petits-enfants*, 2 pièces. — *Le Divorce*, lithographie de Bœcœur. — *La Danse macabre*. — *Le Divorce*, figure par Johannot, en tout 5 pièces, belles épreuves.

261 — **Mérimée.** Portrait de *Clara Gazul*. Lithographie de Scheffer, d'après Delecluze, trés belle épreuve en feuille.

262 — **Méry de Barthélemy.** Deux portraits dessinés et gravés par Johannot. — *Le Bonnet vert*, édition Boulland, 1830. — *L'assassinat*, deux vignettes de Johannot, ensemble cinq pièces, dont une sur chine volant.

263 — **Monde dramatique** (le). Dix pièces par Gavarni, Rogier et autres, gravées et lithographiées, belles épreuves en feuilles.

264 — **Monnier** (Henri). *Le Gniaff*, deux gravures sur bois, d'après Meissonnier. — *La grande famille de ce bon M. Tartuffe*. — *Une Réaction*, par M. Cochat. — *Le Croque-mort*. — *M. de Fougeray*, sept pièces gravées sur bois, belles épreuves.

265 — **Nanteuil** (Célestin). *Impressions de voyages*, par Alexandre Dumas, frontispice, in-8, gravé à l'eau-forte, belle épreuve, grandes marges.

266 — — *Emile Forgues*. Lithographie, in-4, deux épreuves sur chine, en feuilles.

267 — — Frontispice pour un *Dictionnaire de musique*, in-8, gravé à l'eau-forte. — *La Fuite en Egypte*, deux pièces, belles épreuves sur chine.

268 — — *Le Monde Dramatique*, tome Ier, 1835.—*Angèle.*— *Don Juan de Marana*, acte 1er. — Frontispice de la *Biblothèque romantique*, quatre pièces.

269 — — *Petrus Borel.* — *Paul de Kock*, deux portraits, belles épreuves, dont une en feuille.

270 — — *Don Juan de Marana.* — *Le Monde Dramatique.* — Portrait de *Rabelais.* — *Femmes d'Alger*, cinq pièces, à l'eau-forte, belles épreuves, toute marge.

271 — — *Venezia la Bella.* —*Hamlet.*— *La Fuite en Egypte.*— *Le Monde dramatique.* — *Frontispice de l'artiste*, cinq pièces, belles épreuves.

272 — **Portraits romantiques.** — *Le Vicomte d'Arlincourt.* — *Asselineau*, avec son ex-libris. — *Balzac.* — *Baudelaire.* — *Th. de Banville.* — *Roger de Beauvoir.* — *Philarète Chasles. Châteaubriant.* — *Émile Deschamps.* — *Alex. Dumas.* — *Théophile Gautier.* — *J. Gigoux.* — *Old. Nick.* — *Mme de Girardin.* — *Granville.* — *Hoffmann.* Trente portraits gravés et lithographiés, la plupart sur papier de chine.

273 — — *Victor Hugo.* — *J. Janin.* — *Paul Lacroix.* — *Hypolite Lucas.* — *Mérimée.* — *Méry.* — *Alfred de Musset.* — *Paul de Musset.* — *Gérard de Nerval.* — *Sainte-Beuve.* — *Jules Sandeau.* — *E. Souvestre.* — *Eugène Sue.* — *Viennet.* — *Alfred de Vigny.* Trente-trois portraits gravés à l'eau-forte ou lithographiés, la plupart avant la lettre sur chine.

274 — **Rogier** (Camille). *Le Marchepied.* Deux pièces gravées à la pointe, belles épreuves avant la lettre.

275 — **Royer** (Alphonse). *Venezia la bella*, deux frontispices dessinés et gravés par Célestin Nanteuil, 1833, belles épreuves sur chine.

276 — — *Les mauvais Garçons*, deux vignettes de Tony Johannot, édition de Renduel, belles épreuves sur chine volant.

277 — **Sand** (Georges). *Son portrait*, médaillon de profil, lithographie de Pol Justus, belle épreuve avant la lettre sur chine, toute marge.

278 — **Sue** (Eugène). *Sacountala*, figure de Tellier, gravés par Brévière. — *La Coucaratcha*, 2 figures de Johannot, plus une en feuille. — *La Salamandre*, ensemble, six pièces sur Chine volant, très belles épreuves.

279 — **Vigny** (Alfred de). *Chatterton*, drame. Frontispice gravé à l'eau-forte, par Edouard May. Edition H. Souverain, 1835, trés belle épreuve sur papier de chine.

280 — — *Poëme*, vignettes par Tony Johannot. — *Stello*, trois pièces, par Johannot, épreuves sur chine. — *La Maréchale d'Ancre*, lithographie de Tony Johannot, cinq pièces, rares.

281 — **Vignettes diverses**. *Le Lorgnon*, par Mme de Girardin. — *L'Opéra des Gueux*. — *Vendetta*. — *Une Soirée*. — *L'élixir de Jeunesse*. — *Morte!!!* — *Une émeute sous Charles VI*. — *Une Scène de la Saint-Barthelemy*. — *Un Retour du Bal*. — *Charles VI*, etc. Dix-sept pièces, gravures à l'eau-forte, sur bois, et lithographies, belles épreuves.

282 — Trente-quatre pièces, par ou d'après C. Nanteuil, Johannot, Sorrieu, Chenavard, etc., belles épreuves, dont plusieurs sont avant la lettre.

GRAVURES ENCADRÉES

283 — **Alix.** Allégorie sur la Révolution, deux pièces d'après Boissieux, superbes épreuves en couleur avant la lettre. Marges.

284 — **Anonyme.** Vue de l'intérieur du musico nommé le Pyl, dans le Pylsteeg à Amsterdam, belle épreuve en bistre, grandes marges.

285 — — Voiture publique en Autriche, très jolie pièce coloriée. Curieux pour les costumes.

286 — **Bartolozzi.** Le Don de la rose, d'après Bunberg, belle épreuve, cadre en bois.

287 — **Baudouin** (d'après). Le Bain, par Regnault. épreuve en couleur, sans marge.

288 — **Beauvarlet** Jean-Baptiste Poquelin de Molière, d'après Bourdon. Superbe épreuve, du troisième Etat avec la dédicace, grandes marges.

289 — **Bonnet.** Le déjeuner, belle épreuve en couleur.

290 — **Coiffures** (pièce pour les). Very good of night cap. Très belle épreuve.

291 — **Demarteau.** Madame la comtesse Du Barry, d'après Drouais. Superbe épreuve à la sanguine, sans marges.

292. — **Dickinson**. Madame de Tallerand-Périgord, in-fol. d'après Gérard. Très belle épreuve.

293 — **Ecole anglaise**. Shop-Lifter detected. — The favourite footman or miss well mounted. Deux pièces en couleur, belles épreuves.

294 — **Fragonard** (d'après). Ma chemise brule, gravé en couleur. Très belle épreuve avant la lettre.

295 — — La coquette fixée, gravé par Dambrun. Très belle épreuve en couleur, grandes marges.

296 — — Les hazards heureux de l'escarpolette, par N. de Launay. Superbe épreuve, petites marges.

297 — — La même estampe, superbe épreuve à l'eau-forte pure, rognée sur le côté droit.

298 — **Hubert**. Hony soit qui mal y pense, d'après Davenne. Très belle épreuve.

299 — **Janinet**. Le sommeil d'Erigone. Belle épreuve en couleur, sans marges.

300 — **Lavreince** (d'après). Ah ! laissez-moi donc voir, gravé en couleur par Janinet. Belle épreuve.

301 — **Lebrun** (d'après). La déclaration d'amour. — La sultane infidèle. Deux pièces par Voysard et Patas. Belles épreuves.

302 — **Levachez**. Louis XVIII, d'après Vigneux. Très belle épreuve en couleur, grandes marges.

303 — **Moreau le jeune** (d'après). Le couronnement de Voltaire sur le Théâtre-Français, le 30 mars 1778, par Gaucher. Superbe épreuve avant les armes, grandes marges.

304 — **Pillement**. La chasse au Sanglier, par **Woollett**, belle épreuve.

305 — **Prudhon** (d'après). Daphnis et Chloé. Lithographie, superbe épreuve avant la lettre, sur chine.

306 — **Queverdo** (d'aprés). L'Intrigue découverte, par Lebeau. Très belle épreuve, grandes marges.

307 — **Rossi** (d'après). Les Femmes savantes. Héliogravure en couleur.

308 — **Rowlandson** (d'après). Le Vaux-Hall, par Pollard, superbe épreuve ancienne, marges.

309 — **Taunay** (d'après). La Noce de village. Gravé en couleur par Descourtis, très belle épreuve.

310 — — La Rixe. Gravé en couleur par Descourtis, très belle épreuve, petites marges.

Imp. PAIRAULT et Ce, 3, passage Nollet, Paris. — 490

www.ingramcontent.com/pod-product-compliance
Ingram Content Group UK Ltd.
Pitfield, Milton Keynes, MK11 3LW, UK
UKHW021044180726
13838UKWH00004B/1995